Wilhelm Stricker

Die Amazonen in Sage und Geschichte

Wilhelm Stricker

Die Amazonen in Sage und Geschichte

1. Auflage | ISBN: 978-3-75251-258-8

Erscheinungsort: Frankfurt am Main, Deutschland

Erscheinungsjahr: 2020

Salzwasser Verlag GmbH, Deutschland.

Nachdruck des Originals von 1868.

Die

Amazonen in Sage und Geschichte.

~~~~~~~

Von

Wilhelm Stricker,
Dr. med. in Frankfurt am Main.

Berlin, 1868.

C. G. Lüderitz'sche Verlagsbuchhandlung.

A. Charisius.

Die Umkehrung der Gesetze, welche die Geschlechtsverschieden=
heit der menschlichen Entwickelung vorschreibt, hat immer leb=
haft die Phantasie beschäftigt. Die Alten haben einen Staat
kriegerischer Weiber erdichtet und diese Fabel hat ihre Wieder=
geburt gefeiert im Zeitalter der Renaissance, als die Theil=
nahme indischer Weiber an der Vertheidigung ihres Landes
gegen die weißen Eindringlinge bei den Gelehrten unter diesen
Eroberern die Erinnerung an die classischen Ueberlieferungen
wach rief. Es ist leicht, die Grundzüge der Amazonensage als
nothwendig zu entwickeln. Hatte man den Staat der kriegeri=
schen. mannlosen Weiber statuirt, so drängte sich die Frage nach
dessen Erhaltung auf, und dafür blieb kein Ausweg, als die
Annahme periodischer Besuche von Männern und flüchtiger
ehelicher Verbindungen mit nachträglicher Entfernung der männ=
lichen Nachkommen, sei es durch Tödtung, sei es durch Auslie=
ferung an die Väter. Den Dichtern von Ariost und Tasso
bis auf Schiller (Jungfrau von Orleans) und Heinrich
von Kleist (Penthesilea) mit ihren Bradamante und Marfisa,
ihren Chlorinde, Gildippe und Armida, bot der Conflikt zwischen
der kriegerischen Feindseligkeit und der leidenschaftlichen Zunei=
gung des Weibes willkommene epische und dramatische Stoffe,
doch hat Tasso für nöthig erachtet, seine Chlorinde von einer

Tigerin nähren zu lassen, um ihre kriegerischen Neigungen zu erklären.

Der Sage, sowohl der in der alten Welt entstandenen, als der in der neuen Welt aufgefrischten, ist eigenthümlich das Zurückweichen ihrer Heimath nach Maßgabe der Zunahme geographischer Kenntnisse, so daß in der neuen Welt erst der Gebrüder Schomburgk Forschungsreisen in Britisch-Guiana sie aus ihrem letzten Schlupfwinkel vertrieben haben. Im Alterthum müssen wir die europäisch-asiatischen Amazonen von den afrikanischen unterscheiden. Ueber die ersten fließen die historischen Quellen bei weitem reichlicher als über die letzteren. Die Dauer ihres Reiches läßt sich von dem ersten sagenhaften Beginn bis auf Alexander den Großen auf 1300 Jahre annehmen, darunter freilich 800 Jahre, von denen jede Ueberlieferung schweigt. Am frühesten in der Geschichte finden wir die Amazonen am Thermodon in Kappadokien zwischen dem kaspischen und schwarzen Meere und in den kaukasischen Ländern. Von diesen Grenzgebieten zweier Welttheile machten sie Ausfälle nach Asien und Europa: Feldzüge gegen die Phrygier bei ihrem Einfalle in Kleinasien (Ilias III. 180. VI. 186. Strabo lib. XII. geograph.), wo sie vom Bellerophon besiegt wurden; gegen die Griechen vor Troja (Aeneis I. 490. Justin histor. II. 4), bekannt durch den Namen Penthesilea; nach Attika, nicht weniger bekannt durch die Namen Herakles und Theseus; an die Donau, ein im Vergleich mit den vorigen, mit so erlauchten Namen der Sage in Verbindung gebrachten und vielfach dichterisch ausgeschmückten Zügen wenig bekannter, etwa ins sechste Jahrhundert vor Christo zu setzender Heereszug (Philostrat. heroica XX. Pausanias III. 19); endlich zu Alexander's des Großen Zeit, sehr bekannt aus den Erzählungen des Justinus, Q. Curtius (IV. 5) und Diodorus Siculus (Bibliotheca XVII.). Außer diesen eben erwähnten fünf Hauptzügen kommt der Name der Amazonen selbst noch in den Kriegen des Mithridates mit den Römern vor, wo ihre Erinnerung wahrscheinlich nur durch griechische Legenden geweckt wurde.

Das hauptsächlichste Zeugniß über die asiatischen Amazonen findet sich im vierten Buche des Herodot. Es heißt da (§. 110): „Von den Sauromaten erzählt man Folgendes: Als die Hellenen mit den Amazonen Krieg führten, sollen die Hellenen in der Schlacht am Thermodon gesiegt, und als sie absegelten, auf drei Fahrzeugen von den Amazonen, soviel sie nur lebendig fangen konnten, mit sich genommen haben, diese tödteten aber auf der See die Männer. Nun aber wurden die Weiber, da sie mit den Fahrzeugen nicht umzugehen wußten, von Wind und Wellen einhergetrieben und gelangten nach Kremnoi am See Maiotis im Lande der freien Skythen. Hier stiegen die Amazonen aus ihren Schiffen und gingen in das Land hinein. Sie stießen zuerst auf eine Weide mit Pferden, raubten diese, und auf ihnen reitend, verheerten sie das Land der Skythen." §. 111. „Die Skythen konnten sich die Sache gar nicht erklären, denn sie kannten weder Sprache, Kleidung, noch Volk. Es schien ihnen, daß es Männer gleichen Alters wären, die gegen sie zu Felde zogen. Im Streite nun bemächtigten sich die Skythen einiger Leichen und so erkannten sie, daß ihre Feinde Weiber seien. Sie beriethen sich und hielten es für gut, sie nicht ferner zu tödten, sondern ihre jüngsten Leute zu ihnen zu schicken in eben solcher Anzahl, wie jene wären; diese sollten sich in ihrer Nähe ein Lager schlagen und dasselbe thun, was jene thäten; wenn jene sie angriffen, sollten sie nicht kämpfen, sondern fliehen; wenn sie nach= ließen, sollten sie sich ihnen wieder nähern und sich lagern.

So beschlossen die Skythen, indem sie Kinder mit ihnen zeugen wollten." In den folgenden beiden Paragraphen erzählt der Vater der Geschichte in seiner behaglichen Weise, wie es allmählich so weit kam, und dann fährt er im §. 114 fort: "Hierauf vereinigten sie ihre Lager, wohnten beisammen und jeder nahm die zur Frau, mit welcher er zuerst beisammen war. Aber die Sprache der Frauen konnten die Männer nicht lernen, die Frauen nahmen nun die der Männer an. Als sie sich gegenseitig verstanden, sprachen die Männer zu den Frauen: "Wir haben Aeltern, wir haben Besitzungen; wir wollen nicht länger mehr ein solches Leben führen, sondern wollen zu unserem Volke zurückkehren und dort leben; euch aber nehmen wir zu Frauen und keine Andren." Sie antworteten darauf: "Wir werden wohl mit euren Müttern und Schwestern nicht leben können, denn wir haben nicht dieselben Sitten wie jene, wir führen den Bogen, werfen Speere und reiten, die weiblichen Geschäfte haben wir nicht gelernt; eure Weiber thun von dem allem, was wir thun, nichts; sie verrichten weibliche Arbeiten, bleiben auf dem Wagen und gehen nicht nach dem Wilde; wir können uns also wohl nicht mit ihnen vertragen. Aber wenn ihr wollt, daß wir eure Frauen sein sollen, so geht zu euren Aeltern, holt von dem Vermögen euren Theil, dann kommt und wir wollen mit einander leben." Und so geschah es, doch zogen die jungen Ehepaare auf Andrängen der Frauen über den Tanais (Don) gegen Sonnenaufgang drei Tagereisen und eben so viel nördlich vom See Maiotis. Da wohnen sie noch jetzt; daher haben die Frauen der Sauromaten noch ihre alten Sitten und jagen zu Pferde mit oder ohne Männer, ziehen in den Krieg und tragen dieselbe Kleidung wie die Männer." §. 117. "Die Sauromaten bedienen sich der skythischen Sprache, indem sie von Alters her eine fehlerhafte Mundart sprachen, da die

Amazonen sie nicht gut lernten. In Betreff der Ehe ist bei ihnen so bestimmt: Keine Jungfrau heirathet, bevor sie nicht einen Mann im Kriege getödet hat. Einige von ihnen werden alt, bevor sie heirathen, indem sie das Gesetz nicht erfüllen können." Soweit Herodot. Weit weniger positiv sind die Angaben des Strabo (Geograph. XI. 5), welcher dem Gerücht und anderen Autoren folgend ihren Sitz in die Gebirge über Albanien und an den Fuß des Kaukasus verlegt. „Allen wird in der Jugend die rechte Brust abgebrannt, damit sie sich des Armes zu jedem Gebrauche, besonders zum Schleudern, bedienen können. Sie haben auch Pfeile, Streitaxt und Schild. Aus Thierfellen machen sie Kopfbedeckung, Kleidung und Gürtel. In den Frühlingsmonaten kommen sie mit den Gargarenern zusammen, von welchen nur ein Gebirge sie trennt, der Nachkommenschaft wegen. Die Knaben schicken sie den Vätern zu, die Mädchen behalten und erziehen sie."

Noch entschiedener als Strabo äußert Paläphatus (de non credendis fabulosis narrationibus) seine Zweifel. Er sagt: „Von den Amazonen heißt es, sie seien keine Weiber, sondern barbarische Männer gewesen, die, weil sie nach Art der thrakischen Weiber eine bis auf die Füße herabhängende Tunica trugen, das Haar mit einer Binde zusammenhielten und den Bart schoren, vom Feinde zum Schimpfe Weiber genannt wurden."

So viel von den europäisch-asiatischen Amazonen; über die afrikanischen ist Diodorus Siculus (Bibliotheca historica III. 52) die Hauptquelle. Er nimmt für dieselben ein noch höheres Alter an, als für die am Thermodon, und schildert sie nach Dionysius: „In den westlichen Theilen Libyens, an der Grenze der Welt, soll ein Volk gelebt haben, das von Frauen regiert wurde; diese führten auch Krieg, verpflichteten sich auf eine bestimmte Zeit des Kriegsdienstes und hatten ebenso lange der Männer sich zu enthalten. Wenn die Jahre dieses Dienstes vorbei sind, so vereinigen sie sich mit Männern, um ihr Geschlecht fortzupflanzen; die öffentlichen Aemter und die Verwaltung des Allgemeinen behalten sie jedoch ganz für sich. Die Männer leben dort, wie bei uns die Frauen, ein häusliches Leben, gehorchend den Aufträgen ihrer Gattinnen, an Krieg, Regierung und anderen Staatsgeschäften haben sie jedoch keinen Antheil, wodurch sie gegen ihre Frauen übermüthig werden könnten. Gleich nach der Geburt werden die Knaben den Männern übergeben und diese nähren sie mit Milch und anderen gekochten Speisen nach Maßgabe des Alters der Kinder. Wird aber ein Mädchen geboren, so werden ihm die Brüste abgebrannt, damit sie zur Zeit der Reife sich nicht erheben, denn man hielt es für kein geringes Hinderniß bei der Führung der Waffen, wenn die Brüste über den Leib hervorragten; wegen dieses Mangels werden sie auch von den Griechen Amazonen genannt."

Wir finden also hier etwas noch Unnatürlicheres, als den männerlosen Weiberstaat, nämlich die Gynäkokratie, die Herrschaft der Weiber über die Männer, ausgebildet bis zur weibischen Erziehung der Knaben. Im Uebrigen dieselbe Verstümmelung, nur zweiseitig, mit derselben Motivirung und als Namen gebend bezeichnet. Amazonen = Brustlose, von maza, die Brust und a privativum. Uebrigens hat die bildende Kunst in den zahlreichen Denkmälern, welche Amazonen darstellen, nie auf diesen Mangel Rücksicht genommen, sondern die Amazonen immer mit wohlentwickelten Brüsten abgebildet, daher man auch verschiedene andere Deutungen des Namens versucht und die Brustlosigkeit aus der falschen Deutung des Namens erklärt hat.[1])

Wir übergehen die Sagen von den Feldzügen und Grobe-

rungen der libyschen Amazonen, welche die Tendenz zeigen, die=
selben durch Vorderasien, den Archipelagus und Thrakien an
den Sitz der europäisch=asiatischen zurückzuführen, und wenden
uns zu dem Wiederaufleben der Amazonensage im Zeitalter
der Renaissance.

Es war Aeneas Sylvius Piccolomini aus Siena,
als Papst Pius II., 1405—1464, welcher im siebenten Ab=
schnitt seiner historia bohemica die Sage von dem Weiberreich
der Libussa und Balaska mit Benutzung der classischen Vor=
bilder vorgetragen hat. Es ist eine Gynäkokratie im Sinne
des Diodorus, welche Libussa gründet und in der Balaska
ihr nachfolgt. Erst nachdem die Herrschaft der Weiber durch
ihre Waffen gesichert ist, tritt ganz nach der alten Sage die
Sorge für Erhaltung des Reiches in den Vordergrund. Wäh=
rend Strabo und Diodor die Knaben zurückschicken, Ju=
stinus dieselben töden läßt, schlägt Aeneas Sylvius den
Mittelweg ein, dieselben durch Ausbrennen des rechten Auges
und Abschneiden des rechten Daumens wehrlos und für die
Gynäkokratie unschädlich zu machen. Eine Verstümmelung der
Weiber kommt hier nicht vor.

Ariosto, 1474—1533, hat im 19. und 20. Gesang seines
Orlando furioso den Weiberstaat nach Diodor und Aeneas
Sylvius ausgemalt. Es heißt XIX. 71, 72:

> Indem sie nun die große Stadt durchschreiten,
> Seh'n sie der Frauen übermüth'ges Heer
> Hochaufgeschürzt durch alle Straßen reiten
> Und kämpfen auf dem Markt mit Schwert und Speer.
> Die Männer tragen nie ein Schwert zur Seiten,
> Noch Sporn am Fuß, noch irgend eine Wehr. —
> Auf Weberschiff, Kamm, Nadel, Spindel sehen
> Die Männer alle sich zurückgebracht,
> Die stets im langen Frau'ngewande gehen,
> Was sie sehr weichlich und sehr träge macht.

Und im Gesang XX. 33:

> Um nie als Herrn die Männer zu erblicken,
> Will das Gesetz: ein jedes Weib behält
> Nur Einen Sohn, den Rest soll man ersticken,
> Und wenn nicht dies, aussenden in die Welt,
> Daher sie viel' in fremde Länder schicken,
> Wobei der Führer den Befehl erhält,
> Im Tausch, wo möglich, Mädchen aufzutreiben,
> Zum mind'sten nicht mit leerer Hand zu bleiben.

Alle anderen Männer, welche hier landen, trifft der Tod, wofern sie nicht bestimmte Bedingungen erfüllen können, welche der Dichter weiter ausführt. Die Dauer dieses Reiches schlägt Ariost von der Zeit, in welche er sein Epos verlegt, um 800, auf 2000 Jahre rückwärts an.

Auch die libyschen Amazonen lebten auf in dem Weiber-reich Damut in Afrika, welches der Missionär Pater Joannes dos Santos angeblich bewohnt hat.[2] Das antike Schema wiederholt sich in den periodischen Zusammenkünften mit benachbarten Völkern, der Nachkommenschaft wegen, mit Tödung der Knaben und Abbrennen der rechten Brust der Mädchen aus dem bekannten Grunde. Dasselbe erzählt Ed. Lopez in seiner „Beschreibung des Königreichs Congo" von dem zwischen dem 16. und 19. Grade Südbreite gelegenen Königreich Monomotapa, also nicht weit von der Küste, wo noch heute die weiblichen Leibwachen der Negerfürsten vorkom-men, wovon später. Nur erzählt Lopez,[3] daß den Mädchen die linke Brust abgebrannt werde.

Alle diese Uebertragungen der Sage machen unzweifelhaft, daß den Conquistadoren und Missionären eine Kenntniß der alten Schriftsteller beiwohnte. Haben sie doch ebenso die Sagen, welche Herodot, Plinius, der heil. Augustin, Isidorus Hispa-liensis u. a.[4] von den Männern ohne Kopf, von den Leuten mit Hunds-, Sperber- und Löwenköpfen, von den Einfüßigen, welche sich selbst mit dem Fuß Schatten machen, überliefert haben, auf die neue Welt übertragen!

Der Entdecker der neuen Welt hat selbst die ersten Amazonen hier zu finden geglaubt. Columbus erwähnt in seiner zweiten Reise, daß er in Sta. Croce ein Canoe getroffen, auf dem sich mehrere Weiber eben so hartnäckig, wie die Männer gegen die Spanier vertheidigt hätten, und in Guadeloupe wäre er sogar von bewaffneten Weibern am Landen verhindert worden. Ueber die Bewohner dieser und anderer Inseln bemerkt Petrus Martyr: „Beide Geschlechter besitzen große Stärke und führen den Bogen und andere Waffen meisterlich. Sind die Männer von ihrer Heimat abwesend, so vertheidigen sich die Weiber bei Ueberfällen eben so wacker, wie ihre Männer, daher sie für Amazonen gehalten werden." Ferd. Cortez erzählt in seinem vierten Bericht über die neue Welt, es sei eine Insel mit Namen Caqueta, welche nur von Weibspersonen bewohnt werde, die den Gebrauch haben, daß sie bisweilen die Männer zu sich rufen. „Diese Weiber werfen die Knäblein hinweg, die Mägdlein aber ziehen sie auf und sind an Gold und Edelsteinen sehr reich."

Der größte Fluß des südlichen Amerika wurde 1539 von Franc. de Orellana zuerst befahren und anfänglich nach seinem Namen, bald aber Amazon genannt, da der Entdecker die Kunde nach Europa brachte, daß seine Ufer von einer Horde kriegerischer Frauen bewohnt würden, welche nicht nur Bogen und Pfeile führten und ihre Felder bebauten, sondern auch unabhängig und abgesondert von dem männlichen Geschlecht lebten, dagegen zu einer gewissen Zeit von den Männern eines Nachbarstammes besucht würden. Die Sprößlinge dieser jährlichen Besuche, wenn Mädchen, würden von den Müttern erzogen, die Söhne hingegen ihren Vätern übergeben. Nach

Herrera hatte Orellana diese Nachrichten von einem Casiken an der Mündung des Napo erhalten, der Orellana
zugleich mitgetheilt hatte, daß weiter abwärts eine ungeheure
Menge Gold gefunden werde. Nachdem nun Orellana mehrere hundert Meilen weiter vorgedrungen war, wurde er von
einem anderen Casiken Namens Opuria aufmerksam gemacht,
daß, wenn die Spanier die kriegerischen Frauen, welche sie
Conia=pu=yara (was große Weiber bedeutet) nannten, besuchen
wollten, ihre Zahl viel zu gering sei. In der That wurden
die Spanier, nachdem sie mehrere hundert Meilen weiter
gefahren waren, an der Landung durch Indianer mit einem
Pfeilhagel verhindert und bemerkten unter ihren Feinden 10—
12 Frauen, die sich nicht allein mit der größten Wuth vertheidigten, sondern auch die Indianer auf alle Weise zur tapferen
Wehr anfeuerten und diejenigen, welche sich muthlos zeigten
und dem Gefecht den Rücken kehren wollten, mit großen Keulen niederschlugen. Nach der Angabe Orellana's waren diese
Frauen groß, von starkem Gliederbau, dabei aber von schöner
Gesichtsbildung; sie trugen ihre langen Haarflechten um den
Kopf herumgewunden, sie waren unbekleidet und führten außer
jenen Keulen noch Bogen und Pfeile. Sieben dieser Weiber
wurden im Gefecht getödet, worauf die Indianer flohen.

Eine damit ziemlich übereinstimmende Kunde über das
Vorhandensein der Amazonen kam zu derselben Zeit von den
spanischen Besitzungen südlich vom Amazonenfluß nach
Europa. Nach dieser fuhr 1541 Cabezo de Vega den
Paragua aufwärts, um von da aus in der Gegend von Peru
das Goldland aufzusuchen. Sein Unterbefehlshaber Hernando
de Ribeira, welcher von Cabezo zu demselben Zwecke auf
einer Brigantine mit 52 Mann nach dem Xarayes = See, einer
periodisch überschwemmten Niederung zwischen dem 15. und

20. Grade Südbreite abgesandt war, wurde von den dortigen Stämmen zu den Amazonen gewiesen, welche im Besitze von soviel gelbem und weißem Metall seien, daß sie sogar die Stühle und anderen Hausrath daraus fertigten, und welche an der westlichen Seite eines großen See's wohnten, den sie das „Haus der Sonne" nannten, da die Sonne in demselben versänke. Von den Indianerstämmen immer weiter und weiter gewiesen, wurden die Spanier nach einer mehrmonatlichen Reise durch theilweise überschwemmte Gegenden von Hunger und Krankheit zur Umkehr gezwungen.

An diesem Zug hat Ulrich Schmidel von Straubing Theil genommen, dessen 20jährige Fahrten, 1534—54, ebenfalls bei Levinus Hulsius herausgekommen sind. Den Cabezo de Vega nennt Schmidel Albermunzo Capessa Depocha, den Ribeiro aber Riessere; die Xarayes sind ihm Scherves; die Zeit des Zuges setzt er „ungeferlich" in das Jahr 1542; als Ausgangspunkt desselben bezeichnet er Assumption in Brasilien; die Zahl der Gefährten war 80. Im Uebrigen stimmt seine Erzählung mit dem eben Berichteten vollkommen überein.

Genau ein Jahrhundert nach Orellana fanden seine Angaben eine neue Bestätigung durch d'Acugna[5]), welcher 1639 den Amazon von Peru aus hinabfuhr, um das Goldland aufzusuchen. Er versichert, daß er bei allen Stämmen, die er besucht, von der Existenz der Amazonen gehört, unter denen ihm namentlich die Tupinambas die genauesten Berichte über die Wohnsitze und Gebräuche der Amazonen mittheilten. Es folgt nun die ganze aus den alten Schriftstellern bekannte Litanei. — Bemerkenswerth ist noch, daß ein Indianer aussagte, als Knabe habe er seinen Vater bei einem solchen Besuche begleitet und sei Zeuge gewesen, wie alle männlichen Kinder den Vätern ausgelie-

fert wurden. Ohne Zweifel haben bei diesen Plagiaten an Hero=
dot und Diodor, an Justin und Curtius, Suggestivfragen
und Mißverständnisse eine bedeutende Rolle gespielt. Angeblich
erzählten dem Jesuiten Cyprian Bazarre, welcher zu Ende
des 17. Jahrhunderts bei den Tapacura's sich befand, diese
Indianer dasselbe, nur mit der Lesart, daß die Knaben getödet
wurden. Auf der Reise, welche Condamine⁶) in den Jah=
ren 1744 und 1745 den Amazon herab unternahm, hörte er
überall von den verschiedenen Stämmen der Indianer die Exi=
stenz der Amazonen bestätigen. Alle ihre Angaben stimmten
der Hauptsache nach unter einander überein, wie auch die
Behauptung sich stets wiederholte, daß sie jetzt ihren Wohnsitz
verändert und sich auf den Rio Negro oder einen anderen
Zweigfluß des Amazon mehr nördlich gezogen hätten. Auf
dem Fort St. Joachim am Rio Branco erfuhr er sogar von
einem Indianer, daß er am Coari einen alten Mann finden
würde, dessen Vater die Amazonen gesehen hätte. Er fand
zwar diesen Indianer todt, doch von dessen Sohne Punilha,
dem Häuptling des Stammes, erfuhr er, daß sein Großvater
mehrere Male diese Frauen an der Mündung des Cuchivara
habe vorüberfahren sehen, und daß sie von der Mündung des
Cayame, von der Südseite zwischen Tefe und Coari gekommen
seien. Vier dieser Frauen habe er selbst gesehen und eine der=
selben hätte ein saugendes Kind auf den Armen gehabt; sie
seien den Rio Negro hinaufgefahren. Unterhalb Coari wurden
Condamine dieselben Umstände mitgetheilt, und unter den
Topayos fand er die merkwürdigen Steine, die unter dem
Namen der Amazonensteine bekannt sind. Hier wurde ihm
gesagt, daß sie diese Steine von ihren Vätern geerbt und daß
diese sie von den Cougnantainse-cuma, d. h. von den „Wei=
bern ohne Männer" erhalten hätten, unter denen man sie in Menge

fände. Dreißig Jahre nach Condamine (1774) bekräftigte der portugiesische Astronom Ribeiro, der eine Reise auf dem Amazon und seinen nördlichen Zuflüssen unternahm, alle diese Nachrichten. Er fand einen Mann, der sich des Punilha genau erinnerte und dieselbe Nachricht gehört haben wollte, wie auch, daß die Amazonen die Mündung des nach ihnen genannten Flusses bei der Veränderung ihres Wohnsitzes passirt hätten. Diese Nachricht, welche Condamine mittheilt, daß sie sich mehr nördlich von dem Amazonenstrom gewandt, wird auch von d'Acugna bestätigt, welcher sie an dem Cururis wohnen und von den Männern des Guacaresstammes besucht werden läßt.

Sir Walter Raleigh berichtet (in der deutschen Ausgabe seiner Beschreibung von Guiana durch Levinus Hulsius, Nürnberg 1599, im fünften Capitel): „Die Nachbarn dieses Königreichs Guiana gegen den Morgen sind Amazonen, von welchen der große Fluß Amazonas seinen Namen bekommen; diese sind nur Weiber, welche keine Männer bei sich zu wohnen dulden: sondern von Jugend auf im Krieg auferzogen und geübt sind, und mit ihren Feinden, gegen welche sie grausam und blutdürstig, immerwährende ernstliche Kriege führen. Sie gesellen sich aber jährlich einen Monat (so man meint, daß der April sei), zu den Männern, auf daß nicht ihr Geschlecht ganz und gar untergehe. In diesem Monat kommen alle benachbarten Könige zusammen, wie auch die amazonischen Weiber, welche Kinder zu gebären Alters halber bequem sind; alsdann erwählt die Königin dieser Weiber einen von den Königen, so ihr gefällig; darnach werfen die anderen das Loos, was eine jede für einen zur Gesellschaft bekomme. Bleiben also diesen Monat beisammen, sind fröhlich, tanzen, springen, essen und trinken nach ihrer Weise miteinander, und wenn der Monat vorüber, wendet sich jeder wieder zu seinem Land. Die

Weiber, so schwanger werden und nachmals Knäblein gebären, schicken dieselben ihrem Vater zu, die Töchter aber behalten sie bei sich und erziehen sie, und schicken dem Vater zur Anzeigung einer Dankbarkeit etliche Geschenke. Sie haben überaus viel Gold, welches sie für etliche grüne Steinlein von ihren Nachbarn bekommen." Das zu diesem Capitel gehörige Bild stellt Männer vor, welche an einem Bein an Bäumen aufgehängt sind und von den Amazonen gleichzeitig mit Pfeilen durchbohrt und an kleinem Feuer geröstet werden.

Doch fehlte es gleichzeitig nicht an Zweiflern. Sebastian Münster sagt in der Ausgabe seiner Cosmographey von 1598, S. 1319, nachdem er die Fabeln der Alten berichtet: „Man redt von den Amazonibus noch zur zeit, was man vor vielen jaren von ihnen geredt hat, wiewol solch ding bey mir kleinen glauben haben. Dann ich kan es nicht wol in mein Hertz fassen, dass je ein gantzer Heerzeug, oder ein Statt, oder ein Volck auss eytel Weybern auffgericht sey worden, die nicht allein ihren Nachbawren uberlestig seyen gewesen, sonder auch ein Heerzeug uber das Pontisch Meere biss in Atticam geschickt haben."

Der Missionär Gili am Orinoco erzählt: „Als ich einen Qua=qua=Indianer fragte, welche Völkerstämme am Cuchivara wohnten, wurden mir unter Anderen die Aikeam=benanoes genannt. Da ich mit der Tamanacsprache bekannt bin, so fiel mir augenblicklich dieser Name auf, welcher „Frauen, die allein leben" bedeutet. Der Indianer bekräftigte auch meine Bemerkung und setzte mir auseinander, daß die Aikeam=benanoes eine Horde Frauen seien, die lange Blaseröhre, Bogen und andere Kriegswaffen verfertigten. Sie erlaubten den Männern des nachbarlichen Stammes, den Voke=aroes, einen jährlichen Besuch und entließen sie mit Geschenken. Alle männlichen Kinder, die von diesen Weibern später geboren würden, seien dem Tode verfallen.

Dieselben Behauptungen sind, wie Richard Schomburgk fand, noch jetzt unter den verschiedenen Indianerstämmen in Britisch=Guiana herrschend. Er sagt:[7] „Unter den Macusis fanden wir dieselben Traditionen, ebenso unter den Arawaaks am Demerarafluß, und der Häuptling derselben erzählte uns, daß sein Bruder, welcher am oberen Mazaruni lebte, sie einigemal besucht und selbst einmal einen der grünen Steine von den Wirisamoco, wie sie sich nannten, zum Geschenk erhalten habe. Sie bearbeiteten ihre Felder ohne alle männliche Hülfe, schossen mit Bogen und dem Blaserohr und erlaubten den Besuch von Männern alljährlich nur einmal, worauf sie nach der Geburt alle männlichen Kinder tödteten; zugleich wäre ihm, dem berichtenden Indianer, von den Frauen selbst aufgetragen worden, die Männer seines Stammes zu einem jährlichen Besuch zu veranlassen, doch dürfe die Zahl derselben 20 nicht überschreiten." — „Unsere Hoffnungen," fährt Richard Schomburgk fort, „weitere und bestimmtere Nachrichten über die Existenz dieser fabelhaften Mannfrauen einziehen zu können, sind leider nicht erfüllt worden, vielmehr hat unsere Reise nach dem Corentyn sie jetzt auch aus diesem letzten Schlupfwinkel vertrieben. Der Grund dieser so weit verbreiteten Tradition liegt jedenfalls in dem kriegerischen Charakter der Frauen verschiedener Stämme der neuen Welt. Am Essekibo existirt noch heute die allgemeine Sage, daß in den Kriegen, welche die Cariben führten, sie von ihren Weibern begleitet würden und daß diese bei den Angriffen nicht nur Bogen und Pfeile, sondern auch die Kriegskeule brauchten. Bei den schmerzhaften Prüfungen, welchen die Mädchen der Cariben sich unterwerfen müssen (Verwundungen, die mit Pfeffer eingerieben werden,

Faften, Schweigen ꝛc.) und die fie mit unglaublicher Stand-
haftigkeit ertragen, ift diefe Tapferkeit durchaus nichts Unwahr-
fcheinliches."

Die kriegerifche Eigenfchaft der Weiber hat immer eine
Stelle gefunden in den allgemeinen Werken über das weibliche
Gefchlecht. So hat Heinrich Kornmann aus Kirchhain in
Heffen[8]) ein eigenes Capitel mit der Ueberfchrift: Num virgo
possit esse miles armatus?, worin der alten Amazonen nach
den bekannten Autoren, der deutfchen Frauen, welche beritten
den Kreuzzug Kaifer Conrad's mitmachten; der Jungfrau von
Orleans und der Königin Elifabeth gedacht wird.

Des Kornmann Zeitgenoffe und Landsmann, Jo. P.
Lotichius, Arzt und Profeffor an der Univerfität Rinteln,
hat[9]) ebenfalls ein Capitel (das 31fte), worin der Deborah,
Judith, der Amazonen mit Penthefilea, der Semiramis,
Hippolyta, Zenobia, Hypficratea, Gemahlin des Mithridates; Candace, der Mohren-Königin; Artemifia, der Gemahlin des Maufolus, Kämpferin bei Salamis; Tomyris, der
Königin der Skythen und Siegerin über Cyrus den Großen;
Camilla, der Königin der Volsker, welche dem Turnus gegen
die Trojaner beiftand (Aeneis XI. 532ff.); Cleopatra, Teuca
in Illyrien, Valasca in Böhmen; Amalafuntha, der Go-
then-Königin und endlich der „newlichen englifchen Semiramis,"
der Königin Elifabeth gedacht wird. Ueber die Amazonen der
alten und neuen Welt werden eine Menge Belegstellen aufge-
führt. Bei Lotichius finden wir auch die erften Nachrichten
über weibliche Leibwachen. „In dem orientalifchen Reiche
Coufam (?) hat der König zu Hütern keine Männer, fondern
500 Weiber, die den Bogen führen, und find nur folcher
Wacht wegen um Geld gedingt, wie Odoardus Barbaroffa
anzeigt."

Solche Leibwachen finden sich noch heute vor. So berichtet der Engländer John Duncan (Travels in western Africa 1845 and 1846): „Der König von Dahomeh hat aus den über 20jährigen ausgeschiedenen Frauen seines Harems 10 Regimenter zu 600 Köpfen, also zusammen ein Heer von 6000 Weibern gebildet. Das Garderegiment, dessen Uebungen der Berichterstatter beiwohnte, wird von der Lieblingsfrau des Königs angeführt. Sie scheeren den Kopf ganz oder theilweise, tragen blau= und weißgestreifte Kleider ohne Aermel, die bis zum Knie reichen, kurze Beinkleider, eine Patrontasche am Gürtel, einen kurzen Säbel, eine Art Keule und ein langes dänisches Gewehr. Bei der Uebung sang zuerst das ganze Regiment ein Gedicht zum Ruhme des Königs. Nach diesem darf jede vor die Front vortreten und ihre Treue für den König aussprechen; sowie die eine sich zurückzieht, tritt die andere an die Stelle, so daß die Heerschau eines einzigen Regiments oft drei Stunden dauert. Dann werfen sie sich zu Boden, wobei sie das Gewehr auf den Rücken nehmen, und kratzen den Staub auf, welcher, da er von rother Farbe ist, ihnen ein furchtbares Ansehen verleiht."

Wenden wir uns nun zur Betrachtung der weiblichen Kriegerinnen einzelner Länder, so finden wir zunächst in Spanien neben den Weibern von Sagunt und Numantia, neben der Maria Pacheco, der Wittwe des als Aufrührer gegen Carl V. 1521 hingerichteten Juan de Padilla, welche Toledo sechs Monate gegen die Königlichen vertheidigte, auch einen weiblichen Soldaten der Fortuna, die Catalina de Erauso, genannt die „Nonne=Fähndrich," welche ihre Abenteuer selbst beschrieben hat[10]) und deren Existenz auch durch ihre Erwähnung in des Gil Gonzalez Davila Geschichte von Philipp III. feststeht. Wahrscheinlich war der Name Catalina de

Crauso ein angenommener; sie war um 1580 im Baskenlande geboren, entfloh 1602 aus einem Kloster, schiffte sich nach Amerika ein und machte als Fähndrich die Schlacht von Paicabi mit, focht bei Puren 1608 und bei Callao 1615. In 1624 kehrte sie nach Spanien zurück, wo sie in 1625 ihre Selbstbiographie erscheinen ließ. Sie bereiste Italien und schiffte sich 1626 abermals nach Amerika ein; in Veracruz wurde sie 1645 zum letztenmale gesehen. Als Mann führte sie die Namen Pedro de Orise, Francisco de Loyola und Alonso Diaz de Guzman. Bei Gelegenheit einer schweren Verwundung in Peru wurde ihr Geschlecht entdeckt. Außer einem 15jährigen Kriegsdienst, der ihr eine Pension von 500 Piastern einbrachte, hat sie mit Glück fast unzählige Zweikämpfe bestanden und viele Gegner getödet.

Bei allen Völkern haben Unabhängigkeitskämpfe am meisten Beispiele von Mädchen geliefert, welche aus Begeisterung für's Vaterland die Waffen ergriffen. Die durch ein bekanntes Bild verherrlichte Augustina, „das Mädchen von Saragossa," welche zum Officier ernannt und mit Orden geschmückt, erst 1857 zu Ceuta starb, war nicht vereinzelt im spanischen Volkskriege. Während der heldenmüthigen Vertheidigung von Gerona 1809 bildeten sich zwei Compagnien von Frauen und Mädchen: Sta. Barbara und Sta. Agatha, welche, wenn sie gleich nicht kämpften, sondern nur Schießbedarf zutrugen und die Verwundeten wegschafften, doch so sehr dem feindlichen Feuer ausgesetzt waren, daß mehrere verwundet und getödet wurden. 1835 trat ein spanisches Mädchen: Paula Samajon als Soldat in's 13. Linienregiment und machte 7 Jahre hindurch den Bürgerkrieg mit; man entließ sie, als ihr Geschlecht entdeckt wurde.

Auch die amerikanischen Spanier haben solche Beispiele aufzuweisen. Als der Präsident von Peru, Don Augustin

Gamarra im Jahre 1834 vom Pöbel in Lima mit Steinen geworfen wurde und er jammernd und unschlüssig, was er beginnen sollte, auf der Plaza major stand, da sprengte Donna Francisca Subyaga, seine Gemahlin auf ihn zu, riß ihm den Degen von der Seite, stellte sich an die Spitze der Truppen und commandirte einen wohlgeordneten Rückzug, das einzige Mittel, sich und den Rest des Heeres zu retten.

Von den Französinnen bedarf Jeanne d'Arc nur der Erwähnung. Weniger berühmt ist Jeanne Hachette, welche 1472 die Stadt Besançon, nachdem die Männer geflohen waren, mit den Frauen und Mädchen gegen Carl den Kühnen von Burgund vertheidigte. Das älteste uns bekannte Beispiel einer Frau, welche aus bloßer Lust nach Abenteuern sich die Kriegerlaufbahn erwählte, ist Louise Labé, genannt la belle cordière (die schöne Seilerin), welche, 1526 oder 1527 zu Lyon geboren, im Jahre 1543 unter dem Namen Capitaine Loys an der Belagerung von Perpignan Theil nahm.

Besonders die alle Verhältnisse umwälzenden Kriege der französischen Republik und des Kaiserreichs haben viele weibliche Krieger und nicht blos französischer Nationalität hervorgerufen. Maria Schellinck, geb. 1756, ließ sich im März 1792 zu Gent anwerben, wurde bei Jemappes (6. Nov. 1792) sechsmal verwundet, machte aber dennoch die Feldzüge in Deutschland mit, wo in Folge einer bei Austerlitz erhaltenen Wunde ihr Geschlecht entdeckt wurde. Von Napoleon zum Lieutenant ernannt und mit seinem eigenen Legionskreuze decorirt, wurde sie 1807 pensionirt und starb am 1. September 1840.

Die Vendéerin Renée Bordereau verlor 42 Verwandte im Revolutionskrieg und sah ihren Vater hinrichten. Sie nahm Dienste als Dragoner und tödete bei St. Lambert vier Blaue (d. h. Republikaner); vergebens setzte die Republik einen

Preis von 1000 Francs auf ihren Kopf. Nach der Restau=
ration verlieh Ludwig XVIII. ihr den Ludwigsorden.

Am 25. Januar 1843 starb im Invalidenhause zu Avignon
Frau Alexandrine Rosa Layrac geb. Barreau, welche
1793 mit ihrem Bruder und ihrem Mann in das Heer der
Ostpyrenäen eintrat. Sie erstieg als die Dritte die Schanze
von Alloqui und diente an der Seite ihres Mannes bis zum
Frieden von Amiens. Hier, wie in den folgenden Beispielen
scheint Anhänglichkeit an Verwandte die Triebfeder zu einer so
auffallenden Berufswahl gewesen zu sein. Französische Blätter
vom 30. Juli 1845 berichten nämlich Folgendes: „Beim Ein=
gang der Avenue Auteuil sieht man täglich ein schlecht geklei=
detes Weib von etwa 70 Jahren, von kleinem aber starkem
Körperbau und mit männlichen Gesichtszügen. Sie trägt den
Orden der Ehrenlegion, den sie von Napoleon selbst am
Abend der Schlacht bei Eylau erhielt. Sie heißt Breton
Double, diente seit 1805 viele Jahre in der Großen Armee
und rückte bis zum Sergeanten vor. Sie begleitete ihren
Gatten, den Hauptmann Breton=Double, den sie bei Quatre=
Bras verlor. Sie selbst war bei Friedland leicht verwundet,
aber in der Schlacht bei Quatre=Bras wurde ihr durch eine
Kugel das Bein zerschmettert, sie wurde als Gefangene nach
Irland gebracht und dort amputirt. Im Jahre 1816 kehrte sie
nach Frankreich zurück, aber erst 1845 gelang es ihr, ihre An=
sprüche auf eine dreifache Pension als Sergeant, als Wittwe
eines in der Schlacht gefallenen Officiers und als Mitglied der
Ehrenlegion zur Geltung zu bringen. — Katharina Rohmer,
aus Colmar, Soldatenkind, 1782 geboren, machte als Marke=
tenderin die Feldzüge der Revolution mit, vermählte sich 1802
mit einem Officier und diente in den folgenden Jahren in
Spanien und Oesterreich, wo sie bei Wagram verwundet wurde.

Sie kämpfte bei der Einnahme von Gerona in Spanien und machte dann die Feldzüge von 1812—15, den spanischen von 1823 und seit 1830 die Heeresfahrten in Algerien an der Seite ihres zweiten Gatten mit.

Bei weitem interessanter als diese abgerissenen Lebensnachrichten sind die Schicksale der Regula Engel, welche zur Unterstützung ihrer Soldansprüche ihre „Denkwürdigkeiten"[11]) herausgegeben hat. Tochter eines Schweizergardisten Friedrich's des Großen, des Heinrich Egli, verheirathet an den aus der Schweiz gebürtigen französischen Oberst Florian Engel, dem sie 21 Kinder gebar, nahm sie an dessen Feldzügen und Abenteuern bis zum Sturze des französischen Kaiserreichs Antheil. Wir finden sie an der Seite ihres Gatten bei Auerstädt, wo er das 4. französische Jägerregiment commandirte, bei Pultusk und Eylau. Nach dem Tilsiter Frieden werden die Gatten nach Spanien versetzt. Bei Barcelona wird ihr 17jähriger Sohn Conrad von spanischen Freischaaren getödtet. 1809 finden wir sie bei der Donau-Armee wieder; bei Regensburg von den Oesterreichern gefangen, werden die Gatten nach Semlin geführt und kehrten erst in Folge des Friedens nach Frankreich zurück. Regula erfreute sich der Ehre, an der Abholung der kaiserlichen Braut Marie Luise, an den Vermählungsfeierlichkeiten und jenem Balle des Fürsten Schwarzenberg, der durch den Brand des Saales ein so schaudervolles Ende nahm, Theil zu nehmen. Zur Zeit der Geburt des Königs von Rom wurde Regula von ihrem letzten Kinde entbunden, welches das kaiserliche Paar aus der Taufe hob. 1812 wurde in Spanien, 1813 in Deutschland verlebt. Von Leipzig entkamen sie glücklich nach Straßburg und begleiteten den Kaiser nach Elba, dann auf dem Triumphzuge nach Paris. Ein Sohn fällt in einem Gefechte gegen den Herzog von Angoulème, der Gatte mit zwei Söhnen bei Waterloo, sie selbst wird schwer verwundet in das Hospital zu Brüssel, später in's Hôtel-Dieu nach Paris gebracht, wo Friedrich Wilhelm III. die merkwürdige Frau besuchte. Mit ihren Forderungen von den Bourbonen abgewiesen, begibt sie sich zu ihrem Sohne nach New-Orleans und kommt gerade nur noch rechtzeitig an, um diesen in ihren Armen sterben zu sehen. Im December 1819 schifft sie sich wieder nach Europa ein, kann aber in England die Erlaubniß nicht erhalten, ihre beiden letzten Söhne, welche den Kaiser nach St. Helena begleitet haben, zu besuchen. So kehrt sie denn nach Zürich zurück.

Angélique Duchemin, Tochter, Gattin und Schwester von Soldaten, trat 1792 in das 4. französische Fußregiment, kämpfte am 5. Prairial des Jahres II. der Republik an der Brücke von Gosco, wo sie zum Sergeanten ernannt wurde; bei der Belagerung von Calvi wurde sie verwundet und zum Lieutenant ernannt. Zum Invaliden erklärt und mit der Ehrenlegion geschmückt, lebte sie im Invalidenhaus zu Paris und starb erst im Juli 1859.

Im Februar 1861 starb zu Paris eine Frau Therese Sutter geb. Figueur im Alter von 84 Jahren.[12] Sie war aus Talmoy gebürtig und trat 1793 in die Allobrogische Legion, welche zur Belagerung von Toulon verwandt wurde. Ihre Zungenfertigkeit verschaffte ihr den Namen Sans-gène und eine Bemerkung über das Aussehen Napoleon's, damals Artillerieobersten, wurde von diesem sowohl im Gedächtniß behalten, daß er noch als Consul sich ihrer erinnerte. Nach der Einnahme von Toulon trat Therese in das 15. Dragonerregiment und machte den Feldzug nach Catalonien mit. Hier erschien ein Decret des Wohlfahrtsausschusses, welches alle Frauen aus der Armee verbannte, der weibliche Dragoner hatte sich aber so ausgezeichnet, daß für sie allein eine Ausnahme

bewilligt wurde. Sie machte nun die Feldzüge in Oberitalien
mit und erhielt 1800 nach 8jährigem Dienst eine Pension von
200 Francs zuerkannt, womit sie sich erst nach Montélimart,
dann nach Châlons sur Saone zurückzog. Aber das einförmige
Leben in kleinen Städten langweilte sie und bald trat sie wieder in das 9. Dragonerregiment ein, welches in Paris lag.
Dort hörte Josephine von ihr und ließ sie zu sich einladen.
Figueur machte ihren Besuch in voller Uniform zu Pferde in
St. Cloud; ein Anerbieten Josephinens, in St. Cloud als
Pensionairin des ersten Consuls, der sie hier wiedergesehen und
an ihre Aeußerung über sein gelbes Aussehen erinnert hatte,
zu leben, nahm sie anfangs an, bald aber begab sie sich wieder
zur Armee, machte die Feldzüge von 1805 und 1806 mit, zog
1810 nach Spanien, wo sie von den Guerilla's gefangen, nach
Lissabon und dann nach England gebracht wurde. 1814 kam
sie nach Frankreich zurück und trat sogleich wieder in's Heer.
Erst nach der Schlacht bei Waterloo erhielt sie ehrenvollen
Abschied. Sie hatte eine Schuß- und vier Stichwunden erhalten; vier Pferde waren ihr unter dem Leibe getödtet worden;
den General Roguez hatte sie aus den feindlichen Reitern
herausgehauen. Therese heirathete einen Herrn Sutter, der
bald starb; sie trat dann in's Hospital d'Enghien und lebte
dort von ihrer kleinen Pension, zu welcher Napoleon III.
eine weitere gefügt hatte.

Die italienischen Frauen finden wir zuerst erwähnt bei
der Vertheidigung von S. Bonifacio auf Corsica gegen
Alfons von Aragon 1420. Als die Spanier durch einen
Scheinangriff auf der Seeseite die Mauern nach der Landseite
zu erklettern anfingen, da wachte Margaretha Bobia, eine
edle Corsin, sie ließ die Leitern durch schwere Steine zerschmet-
tern und die Feinde durch einen Ausfall zurückwerfen. Die

Weiber schleuderten siedendes Wasser und Oel oder heißes Pech auf die Feinde und zogen in Rüstungen auf den Mauern umher, um den Feind über die Zahl der Vertheidiger zu täuschen.[13] Ebenso muthig vertheidigte Catarina Segurana 1543 Nizza gegen türkische Seeräuber. Colomba Antonietti aus Foligno, Gemahlin des Ludwig Porzio, Obersten des 2. Linienregiments der römischen Republik, erst 21 jährig,[14] begleitet ihren Gemahl in Marsch und Gefecht, Mühsal und Gefahr mit ihm theilend. Sie kämpfte mit in der Schlacht bei Velletri (19. Mai 1849) [und fiel bei der Vertheidigung von Rom gegen die Franzosen auf der Bastion S. Pancrazio durch eine Kanonenkugel am 13. Juni. Sie starb unter dem Ruf: Viva l'Italia! Auch Garibaldi's Frau begleitete den Rückzug von Rom als Amazone im dunkelgrünen Gewand und den Calabreserhut mit Straußfedern auf dem Kopf. Sie ritt einen Grauschimmel und schnallte bei drohender Gefahr einen leichten Reitersäbel um, der ihr schon in Amerika Dienste geleistet hatte.

Die germanischen Nationen sind mit den Heldenkämpfen der cimbrischen Weiber in die Geschichte eingetreten. Wir finden die Mitwirkung der Frauen besonders bei Kämpfen nationaler und religiöser Bedeutung hervortreten. Das Flachland gibt dabei dem Hochgebirg nichts nach. In dem schönen Gedicht=Cyclus von Gustav Schwab: „Der Appenzeller=Krieg," werden die Frauen besungen, welche neben ihren Männern kämpften, wie später die Tyrolerinnen 1808 und 1809. Am 7. April 1858 starb im Kloster Imst (Tyrol) Juliane Krismer (mit dem Klosternamen Paulina), welche 1809 im Treffen bei Siggl an der Spitze der Amazonen stand und mit ihrem Stutzen manchen Feind erlegte.

Das Reich der Wiedertäufer zu Münster hatte keine

eifrigeren Vertheidiger als die Weiber, welche bei dem Auf=
stande wegen der Vielweiberei (1534) selbst die Kanonen gegen
deren Feinde herbeizogen und die Mauern der Stadt durch
Pechkränze und Kessel gelöschten Kalkes gegen den äußeren
Widersacher vertheidigten.

Bei der Belagerung von Haarlem durch die Spanier
(1573) zeichnete die Wittwe Hesselaer als Anführerin einer
Frauencompagnie sich aus, und die That der Bürgermeisterin
Künkelin, welche Schorndorf in Schwaben 1689 gegen die
Mordbrennerbanden Melac's vertheidigte, ist in der neuesten
Zeit wieder aus dem Staube der Vergessenheit gezogen worden.

Doch fehlen weibliche Soldaten der Fortuna auch bei den
Deutschen nicht ganz. Am 22. Januar 1802 starb im Eucha=
rius=Kloster zu Eichstädt Jungfrau Johanna Sophia Kett=
ner, 84 Jahre alt, geb. zu Titting, welche 20 Jahre alt, als
Mann verkleidet im K. K. Infanterie=Regiment Hagenbach,
später Lascy, sich aufnehmen ließ, im dritten Jahr zum Cor=
poral ernannt wurde und, nachdem bei Gelegenheit einer
gefährlichen Krankheit ihr Geschlecht entdeckt worden war, von
der Kaiserin Maria Theresia einen Gnadengehalt auf Lebens=
zeit erhielt. Ihr zur Seite steht eine Wittwe Kanschak,
welche bei Ziethen's Husaren diente und noch von der Kar=
schin besungen wurde; sie starb erst 1842 in Berlin. Aber die
meisten und bekanntesten freiwilligen Kämpferinnen hat die
Zeit der Freiheitskriege hervorgebracht. Wir wissen aus dem
„Deutschen Volksblatte" Kotzebue's, daß der Herausgeber
desselben vom 11. Mai 1813 an nicht nur Vorschläge zur
Errichtung einer „weißen Legion," welche aus Mädchen beste=
hen sollte, sondern auch Besuche in dieser Angelegenheit anneh=
men mußte. Die Lützow'sche Freischaar barg drei Mädchen:
Leonore Prochaska, Anna Lühring und Unger. Die

erstere, des Stadtmusikanten von Potsdam Tochter, entfloh bei der Erhebung des preußischen Volkes aus dem väterlichen Hause und ließ sich bei der Lützow'schen Freischaar durch den Feldwebel der Büchsenschützen, den späteren sächsischen Minister v. Nostitz, aufnehmen.[15]) Sie führte den Namen Renz; bei gemeinschaftlichen Gesängen fiel sie durch ihre hohe Stimme auf, erwiederte aber auf die scherzhafte Behauptung: „sie sei ein Mädchen," gewöhnlich nur: „die Stimme mache nicht den Mann," und in der That ließ sie es an männlichem Sinne nicht fehlen. So eilte sie, bei Lauenburg abgeschnitten, über die brennende Steckenitzbrücke zu den Ihrigen. Während des Gefechts an der Göhrde (16. September 1813) wurde sie beim Sturm auf einen Hügel durch eine Kartätschenkugel verwundet und entdeckte dem neben ihr fechtenden Mädchenschullehrer Markworth ihr Geschlecht. Wie ein Lauffeuer ging es durch die Reihen der Stürmenden: „der brave Renz ist ein Mädchen," und feuerte sie zur äußersten Tapferkeit an. Nach errungenem Siege wurde sie in die Stadt Dannenberg gebracht, wo sie nach einigen Tagen starb und feierlich beerdigt wurde. F. Rückert[16]) hat sie in einem Gedichte verherrlicht, in welchem es heißt:

> Wie merkten wir's nur nicht lange schon
> Am glatten Kinn, am feineren Ton,
> Doch unter den männlichen Thaten,
> Wer konnte das Weib errathen?

Friedrich Duncker, Geheimer Cabinetssecretär des Königs Friedrich Wilhelm III., während des Congresses zu Wien wohnend, verfaßte eine Oper Prochaska, welche Beethoven zum Theil componirte.

Anna Lühring aus Bremen trat im Januar 1814, damals etwa 18 Jahre alt, gleich nach dem Durchzug der Lützow'schen Schaar durch Bremen, in die Büchsenjäger-Abtheilung des dritten Bataillons ein, welche der Oberbergrath Reil führte. Sie legte sich den Namen Kruse bei und wußte den Verdacht, welcher sich bald regte, daß in Kruse's Uniform ein Mädchen stecke, durch tapfere Thaten, wie Prochaska, zu entkräften. So sprang sie, als ihre Compagnie auf einem Stege sehr lang- sam über ein ausgetretenes Wasser zog, mit den Worten: „ein braver Jäger fürchtet das Wasser nicht," in den bis an die Hüften reichenden, im April sehr kalten Bach und watete durch. Später, auf einer kleinen Urlaubsreise, war sie mit zwei etwas muthwilligen Kameraden zusammengekommen, welche ihr offen erklärten, sie hielten sie für ein Mädchen. „Zwei Flaschen Wein, wenn's wahr ist," sagte sie lachend. Im nächsten Wirthshaus angekommen, brachte sie zwei Flaschen, mit den Worten: „Trinkt, Kameraden, der Wein ist bezahlt, aber ein Schurke, wer nochmals einen solchen Verdacht ausspricht." Damit schlug sie an den Hirschfänger.

Nach wiederhergestelltem Frieden zog sie ihre Mädchen- kleider wieder an und lebte in Berlin, wo sie in viele Gesell- schaften, auch an den Hof gezogen wurde. Niemand konnte sich recht denken, daß diese feine Dame das Kriegshandwerk betrieben habe. Später lebte sie in Hamburg und erhielt 1863 von ihrer Vaterstadt eine Pension. Von der dritten Lützowerin, Unger aus Dresden, habe ich nichts Näheres ermitteln können.

Ebenfalls besungen von Rückert (a. a. O. III. 263) ist der Unterofficier Krüger, über welche der Ritter des eisernen Kreuzes, Pfarrer Riemann. bei Franz Duncker in Berlin 1865 eine Biographie herausgegeben hat. Sophia Doro- thea Friederike Krüger wurde zu Friedland in Mecklenburg- Strelitz am 4. October 1789 geboren. Sie selbst hat sich, einer in ihrer Heimat nicht seltenen Sitte zufolge, nach dem Beispiel Anderer Auguste genannt, unter welchem Namen sie auch von

Rückert besungen worden ist. Ihr Vater, ein wenig bemittel-
ter Landmann, konnte ihr nur eine dürftige Erziehung geben
lassen; schreiben lernte sie erst in reiferen Jahren durch eigene
Anstrengung. Von 1807 an diente sie und kam 1812 nach
Anklam, um die Schneiderei zu erlernen. Im Frühjahr 1813
kam eines Tages ihr Lehrmeister mit der Nachricht nach Hause,
daß es gegen die Franzosen losgehen sollte. Friederike
Krüger faßte sogleich ihren Entschluß, zu den Rekruten sich
zu gesellen. Um unbemerkt das Haus verlassen zu können,
fertigte sie eine Männerkleidung an unter dem Vorwande, dieselbe sei für ihren jüngeren Bruder bestimmt; sie schnitt ihr
langes Haar ab und begab sich unter Zurücklassung ihrer übri-
gen Habseligkeiten in männlicher Tracht bei Einbruch der Nacht
nach dem Dorfe Jasenitz an der Oder, wo sie angenommen
und nach Wollin zum Reservebataillon des Regiments Colberg
gesandt wurde. Dies Bataillon wurde sofort nach der Kriegs-
erklärung zur Einschließung der Festung Stettin verwendet.
Gleich bei dem ersten Gefechte vor dieser Stadt trat Friederike als Freiwillige vor und zeichnete sich aus. Die Höhe
ihres Schlachtrufes ließ aufmerksame Kameraden über das
Geschlecht des jugendlichen Helden Verdacht schöpfen, doch blieb
dasselbe bis zur Schlacht bei Dennewitz, wo sie es wegen
mehrerer dort erhaltenen Wunden nicht länger verheimlichen
konnte, dem Regimente verborgen. Gewiß ist dagegen, daß
die höheren Officiere gleich zu Anfang darum wußten, denn
der General v. Borstell sagt in einem ihr am 1. December 1815
zu Magdeburg ausgestellten Zeugnisse ausdrücklich, daß er ihr
Anfangs die Aufnahme verweigert und nur auf ihr dringendes
Bitten und die Verpflichtung, sich stets sittsam zu betragen,
gestattet habe. An der Schlacht bei Großbeeren, wo dem
Regimente Colberg ein Haupttheil des Erfolges gebührte, nahm

sie gleichfalls Theil. In der Schlacht bei Dennewitz (6. September) wurde sie durch Granatensplitter an Fuß und Schulter verwundet, wollte aber dennoch ihre Kameraden nicht verlassen. Wegen ihres ausgezeichneten Verhaltens wurde sie auf dem Schlachtfelde zum Unterofficier ernannt, erhielt das eiserne Kreuz und später den russischen St. Georgsorden. Ihre Verwundung machte ihre Ueberführung in ein Lazareth nach Berlin erforderlich, doch traf sie im Frühjahr 1814 geheilt bei dem Regimente wieder ein und zeichnete sich bei Einnahme der holländischen Festungen Arnheim und Herzogenbusch aus. Sie blieb hier unversehrt, ebenso bei dem blutigen, verunglückten Versuch am 1. April, Compiègne zu nehmen. Am 5. April lagerte sie mit ihrem Regiment auf den Höhen von Montmartre und sah auf das bezwungene Paris herab, am 10. trat das ganze Bülow'sche Corps den Rückzug an und bezog Cantonnirungen am Niederrhein. Nach Napoleon's Rückkehr von Elba rückte das Regiment Colberg, nun unter Borstell's Oberbefehl, sogleich nach Flandern vor; bei Ligny (16. Juni 1815), wo dasselbe die Ehre des erbittertsten Kampfes mit furchtbaren Verlusten bezahlte, blieb **Friederike Krüger** unverletzt. Sodann zur Belagerung der nordfranzösischen Festungen verwandt, nahm das Regiment an der Schlacht bei Waterloo nicht Theil. Mit Einstellung der Feindseligkeiten suchte **Friederike** ihre Entlassung aus dem Dienste nach, welche am 23. October ihr in den ehrenvollsten Ausdrücken ertheilt wurde. Bei dem Ordensfeste am 18. Januar 1816 erregte sie die Aufmerksamkeit eines der anwesenden Ritter vom eisernen Kreuze, des Unterofficiers **Carl Köhler** vom Garde-Ulanen-Regimente, welcher bald um ihre Hand anhielt. Schon am 5. März fand das in der Geschichte einzig dastehende Ereigniß, die Trauung zweier Unterofficiere in der gedrängt vollen Garni-

sonkirche statt. Sie trug auf dem schwarzseidenen Frauengewand
die beiden kriegerischen Orden; diese und das noch nicht wieder
lang gewachsene Haar waren Alles, was an ihren früheren Stand
erinnerte. Die Hochzeit richtete General v. Borstell ihr im
Englischen Hause zu.

Köhler wurde als Steueraufseher zu Lychen in der Ucker-
mark angestellt; aus seiner Ehe entsprossen vier Kinder, wovon
noch zwei am Leben sind, eine verheirathete Tochter und ein
Sohn, der als Steuer-Revisor zu Wittenberge steht.

Im Jahre 1841 feierte das Paar unter allgemeiner Theil-
nahme seine silberne Hochzeit. Ein hohes Alter war ihnen
nicht beschieden, am 31. Mai 1848 starb die Frau, am 14. September 1851 der Mann. Das Geburtshaus des „Mädchens
von Friedland" wurde am 18. October 1863 mit einer Denk-
tafel geschmückt.

Von Rückert besungen ist auch Johanna Stegen
(III. 261), welche am 23. April 1813 im Treffen bei Lüneburg
den an Schießbedarf Mangel leidenden Preußen aus einem
umgestürzten französischen Munitionskarren im Kugelregen der
Feinde Patronen zutrug und als verehelichte Hinders in Berlin 1842 starb.

In den vierziger Jahren lebte in Stettin eine aus Stralsund gebürtige Frau, welche noch sehr jung unter dem Namen
Carl Petersen aus Leipzig in's Preußische Heer eintrat, die
Feldzüge 1812—14 als Reiter mitmachte und es bis zum
Wachtmeister brachte. An der Schulter verwundet, fand sie
sich genöthigt, ihren Abschied zu nehmen, nachdem ihr König
Friedrich Wilhelm III. eigenhändig das eiserne Kreuz an-
geheftet. Mit ihrem Gatten, einem englischen Schiffscapitän,
hat sie später große Seereisen gemacht. Eine Frau Gronert,
1785 zu Königsberg geboren, diente 1813—15 im 1. Husaren-

Regiment. Am 5. October 1865 starb zu Frankfurt a. M.
Louise Dorothea Schulz aus Demmin, 85 Jahre alt, welche
in Schill's Freischaar bis zur Einnahme von Stralsund ge=
dient hatte, und im April 1866 starb in Charlottenburg die
Schloßdienerin Maria Buchholz, geboren 1791 bei Stettin,
welche die Feldzüge 1813—15 mitgekämpft hatte.

Was die Angelsachsen betrifft, so sollen die jenseits des
Meeres (nach Payne's Illustrirtem Journal von 1864 Nr. 1)
und zwar die Südländerinnen im Jahre 1862 eine Schaar
Riflewomen errichtet haben, deren Anführerinnen Rebecca,
Lea und Judith, drei Töchter des Obersten Stevenson, ge=
wesen seien. Das Motiv wäre der Tod des Verlobten der Miß
Rebecca, Capitän John Atkinson aus Illinois gewesen, wel=
chen dieselbe kurz vorher zum Uebergang aus dem Unionslager
in das Heer der Conföderirten veranlaßt habe. In der Schlacht
bei Chattenooga hätten diese weiblichen Schützen mit Auszeich=
nung gefochten. — Von den Engländern, welche mit der krie=
gerischen Königin Boadicea, welche dem Einfall Cäsar's so
tapferen Widerstand leistete, in die Geschichte eintreten, ist uns
kein Beispiel aus späteren Zeiten bekannt, und Shakespeare's
Schilderung der Jeanne d'Arc spricht nicht eben dafür, daß
weibliche Kriegerinnen dem englischen Nationalcharakter sym=
pathisch seien. Bei den Griechen und Polen sind weibliche
Führerinnen in ihren Befreiungskämpfen vorgekommen; viel
genannt war 1831 die Gräfin Plater, welche ein Ulanen=
regiment hoch zu Roß führte, und die kurze Laufbahn des
Dictators Langiewicz erhielt einen romantischen Schimmer
durch seinen weiblichen Adjutanten Pustowajew.

Wir schließen unsere Betrachtung mit einer weiteren Aus=
führung über den Gebrauch, welchen Poesie und Kunst von

der Idee der Amazonen gemacht haben. Zuerst erwähnt sie
Homer (Ilias III. 189), wo Priamos seiner Jugend sich
erinnert: „Jenes Tags, da die Horb' amazonischer Männinnen
einbrach". Sodann gedenkt der Dichter (Ilias VI. 186) der
dem Bellerophon auferlegten Kämpfe und zwar:

> „D'rauf zum Dritten erschlug er die männliche Horb' Amazonen."

Anders hat Vergilius (Aeneis I. 490), den Fortsetzern
der homerischen Gesänge folgend, jenen von Priamos erwähn=
ten Amazonenkrieg aufgefaßt. Ihm stehen die Amazonen auf
der Seite der Trojaner:

> „Vorn an dem Schwarm Amazonen mit mondlicher Tartsche gebietet
> Penthesilea voll Wuth, und umringt von Tausenden flammt sie,
> Unter geöffneter Brust umschnallt mit goldenem Gürtel
> Krieg'rischen Muth's und sie wagt den Kampf auf Männer, die Jungfrau."

Die „mondliche Tartsche" des Johannes Heinrich Voß
wird näher erläutert durch die Worte des Quintus Smyr=
naeus, welcher die Penthesilea mit ihren Waffen also beschreibt:
„Auch nimmt sie den göttlichen Schild, ähnlich der Scheibe
des Mondes, wie er emporsteigt über den weithinströmenden
Ocean."

Vergil hat aber auch in ausführlicher Schilderung eine
Amazone in sein Epos eingeführt. Es ist dies die Camilla,
deren Erziehung im elften Gesang der Aeneis (V. 532—595),
deren Tod eben da (V. 648 ff.) geschildert wird:

> „Mitten die Morde hindurch frohlockst Du, geköcherte Heldin,
> Eine der Brüst' entkleidet dem Kampf, Amazone Camilla.
> Jetzo dicht mit der Hand die geschmeidigen Schafte verstreut sie;
> Jetzo rafft unermüdet ihr Arm die gewaltige Streitaxt.
> Golden ertönt an der Schulter Geschoß und Rüstung Diana's.
> Jene sogar, wenn einmal rückwärts die Vertriebene weicht,
> 654. Pflegt mit gewendetem Bogen die fliehenden Pfeile zu senden."

Umgeben von einer Schaar bewaffneter Gefährtinnen ver=

breitet sie Tod und Verderben in den Reihen der Feinde, bis Arruns aus dem Hinterhalte mit einem Wurfspieße sie tödlich verwundet:

799. „Jetzt, da geschnellt aus der Hand durch die Luft anzischte der Wurfspieß,
Richteten aufmerksam sie den Geist und wandten die Augen
Alle zur Fürstin, die Volsker. Sie selbst war weder des Luftzugs
Eingedenk noch des Schall's und des hochherkommenden Speeres;
Bis das Geschoß anlangend hinein in die offene Brust ihr
Drang, und tief sich berauscht'. im Erguß jungfräulichen Blutes.
Bange Gefährtinnen beben heran und die sinkende Herrin
806. Fassen sie auf. — —
816. Sie mit der Hand zieht sterbend den Wurfspieß; doch im Gebeine
Steht die eiserne Spitz' an den Rippen ihr, tief in der Wunde,
Blutlos gleitet sie hin, und im Tod hingleitend erstarret
Ihr das Aug', es verblüht die purpurne Röthe dem Antlitz.“

Wir haben hier ein einfaches Motiv: die Heldin, die für ihr Volk in der Vertheidigung stirbt. Sehen wir dagegen, wie complicirt die Situation beim Tode einer der Heroinen Tasso's ist. Im zwölften Gesange des „befreiten Jerusalem“ fällt im Kampfe unerkannt Chlorinde von der Hand ihres Geliebten Tancred. Zärtliche Neigung umschlingt die durch Stammeshaß verfeindeten, aber ein Drittes kommt hinzu: die auf Erden Getrennten wollen im Himmel vereinigt sein. Auf ihre Bitte tauft Tancred die sterbende, feindliche, heidnische Geliebte. Die Hauptstellen lauten, nach C. Streckfuß' Ueber=setzung, nachdem der Dichter den nächtlichen Kampf um den Thurm bei Jerusalem geschildert:

St. 64. „Doch sieh' die vorbestimmte Stund' erreicht,
Die enden soll der Heldenjungfrau Leben!
Sein Schwert trifft ihre Brust, der Panzer weicht,
Es taucht sich ein mit blutbegier'gem Streben;
Das golddurchwirkte Kleid, das zart und leicht,
Fest angedrückt des Busens Reiz umgeben,
Trinkt heiße Fluth, schon wankt erschlafft ihr Fuß,
Und deutlich fühlt sie, daß sie sterben muß.

St. 65.　Er folgt dem Sieg und drängt mit wildem Triebe
Noch die durchbohrte Jungfrau fort und fort.
Allein schon wird's vor ihren Augen trübe,
Sie fällt und spricht betrübt das letzte Wort.
Der Hoffnung Geist, des Glaubens und der Liebe,
Gibt ihr es ein, der neue Geist von dort,
Von Gott gesandt; die ihm getrotzt im Leben,
Will er im Tod zu seiner Magd erheben.

St. 66.　Du siegst, Freund, ich verzeihe Dir, verzeihe
Du, nicht dem Leib, — er leidet mit Geduld —
Der Seele nur, gieb ihr die heil'ge Weihe
Der Tauf' und wasche sie von jeder Schuld!
Es scheint, ein unbekanntes Etwas leihe
Dem Ton die Macht der Wehmuth und der Huld,
Zum Herzen, wo der Haß erlischt, ihm dringend,
Ihn sanft erweichend und zu Thränen zwingend.

St. 67.　Nicht weit von dort mit weichem Murmelklauge
Entquillt ein kleiner Bach dem Hügelschooß.
Dort eilt er hin und füllt im heil'gen Drange
Den Helm und kehrt zum Amte, fromm und groß.
Ihm bebt die Hand, doch macht er trüb' und bange
Den Helm vom unbekannten Antlitz los.
Er sieht, erkennt, — wie wird er's tragen können —
Verstummt, erstarrt. O Anschau'n, o Erkennen!

St. 68.　Doch starb er nicht — all' seine Kräfte drangen
Nach diesem Punkt als Wächter um sein Herz,
Denn Leben sollt' im Wasser jetzt empfangen,
Die er durch's Schwert erschlug, drum schwieg der Schmerz.
Als nun der Taufe heil'ge Sprüch' erklangen,
Sah sie, von Lust verwandelt, himmelwärts,
Wie neu belebt, als spräche sie zufrieden:
Der Himmel öffnet sich, ich geh' in Frieden.

St. 69.　Das schöne Blaß im weißen Angesichte
Gleicht Veilchen unter Lilien ausgestreut,
Und wie ihr Blick hängt an des Himmels Lichte,
Blickt er auf sie voll Mitleid, doch erfreut.
Zum Pfand, daß sie auf jeden Groll verzichte,
Hebt sie die nackte kalte Hand und beut
Sie statt der Worte dar; so geht zum Hafen
Der Ruh' die Heldin ein und scheint zu schlafen.

St. 70.　Wie er den edlen Geist entfloh'n sieht, läßt
Die Kraft ihm nach, die er mit Müh' errungen.
Wahnsinnig wilden Schmerzen überläßt

Er frei sich ganz und gibt sich hin, gezwungen.
Das Leben ist in's enge Herz gepreßt,
Von Tod sind Sinn und Angesicht durchdrungen,
Der Lebende gleicht ihr, die ewig ruht,
An Farb', an Schweigen, an Geberd' und Blut."

Waren in den bisher angeführten Gedichten des Vergil, Ariost und Tasso die Amazonenscenen nur Episoden, so ist der bis zur glühendsten Leidenschaft gesteigerte Conflikt zwischen Stammesfeindschaft und Geschlechtsliebe das Motiv der Penthesilea von Heinrich v. Kleist. Wir heben aus dem Trauerspiel, welches an vielen Stellen wahrhaft skythische Wildheit athmet, die Erzählung der Penthesilea von der Ergänzung des Amazonenstaates hervor (15. Auftritt S. 114).

„So oft nach jährlichen Berechnungen
Die Königin, was ihr der Tod entrafft,
Dem Staat ersetzen will, ruft sie die blüh'ndsten
Der Frau'n, von allen Enden ihres Reiches
Nach Themiscyra hin, und fleht im Tempel
Der Artemis, auf ihre jungen Schöße
Den Segen keuscher Marsbefruchtung nieder.
Ein solches Fest heißt, still und weich gefeiert,
Der blüh'nden Jungfrau'n Fest, wir warten stets
Bis — wenn das Schneegewand zerhaucht, — der Frühling
Den Kuß drückt auf den Busen der Natur.
Diana's heil'ge Priesterin verfügt,
Auf dies Gesuch, sich in den Tempel Mars',
Und trägt, am Altar hingestreckt, dem Gott
Den Wunsch der weisen Völkermutter vor.
Der Gott dann, wenn er sie erhören will
— Denn oft verweigert er's, die Berge geben,
Die schneeigen, der Nahrung nicht zu viel —
Der Gott zeigt uns, durch seine Priesterin,
Ein Volk an, keusch und herrlich, das, statt seiner,
Als Stellvertreter, uns erscheinen soll.
Des Volkes Nam' und Wohnsitz ausgesprochen,
Ergeht ein Jubel nun durch Stadt und Land,
Marsbräute werden sie begrüßt, die Jungfrau'n,
Beschenkt mit Waffen, von der Mütter Hand,

Mit Pfeil und Dolch, und allen Gliedern fliegt,
Von emf'gen Händen jauchzend rings bedient,
Das erzene Gewand der Hochzeit an.
Der frohe Tag der Reise wird bestimmt,
Gedämpfter Tuben Klang ertönt, es schwingt
Die Schaar der Mädchen flüsternd sich zu Pferd',
Und still und heimlich, wie auf woll'nen Sohlen,
Geht's in der Nächte Glanz, durch Thal und Wald,
Zum Lager fern der Auserwählten hin.
Das Land erreicht, ruh'n wir, an seiner Pforte,
Und noch zwei Tage, Thier' und Menschen aus:
Und wie die feuerrothe Windsbraut brechen
Wir plötzlich in den Wald der Männer ein,
Und weh'n die Reifsten derer, die da fallen,
Wie Saamen, wenn die Wipfel sich zerschlagen,
In unf're heimathlichen Fluren hin.
Hier pflegen wir, im Tempel Diana's, ihrer,
Durch heil'ger Feste Reih'n, von denen mir
Bekannt nichts, als der Name: Rosenfest —
Und denen sich bei Todesstrafe Niemand
Als nur die Schaar der Bräute nahen darf —
Bis uns die Saat selbst blühend aufgegangen,
Beschenken sie, wie Könige zusammt,
Und schicken sie am Fest der reifen Mütter
Auf stolzen Prachtgeschirren wieder heim."

Was nun endlich die künstlerische Behandlung der Amazonen bei den Alten betrifft, so haben dieselben meist auf ihren barbarischen Ursprung hingedeutet. Wenn sie in ihrer vollen Rüstung erscheinen, so ist ihr ganzer Körper entweder in Pelz gehüllt und ihr Kopf mit einer phrygischen Mütze, die vier herabhängende Zipfel hat, bedeckt, oder sie sind vom Kopf bis zu den Füßen mit einem eng anschließenden, skythischen Kleide angethan, das gewöhnlich mit Sternchen geziert oder getüpfelt ist. Darüber werfen sie einen weiten, faltenreichen Mantel, zuweilen auch eine kurze Tunica. Oft sieht man sie auch friedlicher, auf dorische Weise gekleidet, mit einem einzigen Unterkleide, das einen schmalen Gürtel um die Hüften hat, von

der rechten Bruſt herabfällt und den größten Theil des Ober=
leibes bloß läßt. Dann ſind auch Arme, Schenkel und Füße
nackt und auf dem Kopfe tragen ſie einen Helm. Stets zeigt
die Amazone einen ernſten, ja wohl ſtrengen Blick. Ihre Brüſte
ſind voll und fehlen bei keiner; Arme und Schenkel ſind
gedrungen. Mancherlei Andeutungen über antike Bildwerke,
welche Amazonen darſtellen, finden ſich in Winckelmann's
Werken, beſonders im Bande IV. S. 178 der Donauöſchinger
Ausgabe (1825), und Abbildungen davon in dem Atlas dazu
Heft I. Fig. 60, 79, 82, 83.

Eine vollſtändige Aeſthetik der künſtleriſchen Verwerthung
der Amazonenſage aber harrt noch ihres Schöpfers.

Anmerkungen und Citate.

[1]) Das Nähere darüber bei F. Nagel, Geſchichte der Amazonen.
Stuttgart und Tübingen 1838. S. 103 ff.

[2]) P. Juan dos Santos et P. Labat, description de l'Ethiopie
orientale.

[3]) Citirt bei Levinus Hulſius, deutſche Ausgabe von Walter
Raleigh's Beſchreibung von Guiana. Nürnberg 1599. 4° S. 14.

[4]) Sebaſtian Franck, Chronika der Welt. Frankf. 1535. Fol. III.
Die eben erwähnte Ueberſetzung von W. Raleigh S. 15.

[5]) Christopher d'Acugna, voyages and discoveries in South-Ame-
rica. London 1698.

[6]) Relation abregée d'un voyage fait dans l'Amérique méridionale.
Mastricht 1778.

[7]) Monatsberichte über die Verhandlungen der Geſellſchaft für Erdkunde
zu Berlin. Neue Folge. III. Bd. S. 33. 1846.

[8]) In ſeinem Werke: de virginitatis jure tractatus novus et jucundus
ex jure civili, canonico, patribus, historicis, poetis etc. confectus. Vir-
ginopoli 1631.

[9]) In ſeiner von Jo. Tack, Licent. der Medicin, überſetzten: Gynaico-
logia, Francof. 1645.

[10]) Herausgegeben von Don Joaquin de Ferrer und ins Deutſche
übertragen vom Oberſt von Schepeler. Aachen und Leipzig 1830. Auch

gibt es eine Comödie: „Die Nonne-Fähndrich" von Don Juan Perez de Montalban.

[11]) Im Auszuge im Mag. f. Lit. des Auslandes, 1855.

[12]) Nach den Altersangaben in den verschiedenen Quellen bleibt es zweifelhaft, ob sie 1773 oder 1777 geboren war.

[13]) Platen nach Cyrnaeus in seinen „Geschichten des Königreichs Neapel." (Werke V. 106 ff.).

[14]) Gustav von Hochstetter, Tagebuch aus Italien 1849. Zürich 1851.

[15]) W. H. Ackermann, Erinnerungen eines Lützow'schen Jägers aus der lüneburger Haide. Frankfurt a. M. 1847. Hermann'sche Buchhandlung. S. 15.

[16]) Gesammelte Gedichte. Erlangen 1836. II. 30.

Druck von Gebr. Unger (Th. Grimm & F. Maaß), Berlin, Friedrichsstraße 24.